Barbara Thiel (links) hat Freie Kunst studiert und ist Filmemacherin. Das Recherchieren von Naturthemen ist ihre Leidenschaft, denn am liebsten will sie allem auf den Grund gehen. Das hat wohl mit ihrer schwäbischen Gründlichkeit zu tun. Seit der 3. Hörspielfolge schreibt sie, zusammen mit Christa Warncke, die wilden Abenteuer der Hinnerks.

Christa Warncke (rechts) hat Kunst- und Kulturwissenschaften studiert und ist professionelle Kamerafrau. Sie hat DIE HINNERKS erfunden und gibt den fantastischen Abenteuergeschichten dieser norddeutschen Kulttruppe das gewisse Etwas und die unvergleichliche Spritzigkeit. Da der Norden ihre Heimat und damit auch die der Hinnerks ist, wird es noch viele Entdeckungen und sagenhafte Abenteuer geben.

Lea Fröhlich studierte Kommunikationsdesign mit dem Schwerpunkt Illustration. Sie arbeitet als freie Illustratorin und liebt Bilder, die Geschichten erzählen. Und weil das so ist, sind DIE HINNERKS sehr glücklich, eine Zeichnerin gefunden zu haben, die ihren Geschichten die richtigen Bilder gibt.

ISBN-Nummer 978-3-947211-04-3

1. Auflage 2018

DIE HINNERKS

www.die-hinnerks.de

DIE HINNERKS im Teufelsmoor

Ein Buch von
Christa Warncke & Barbara Thiel

Mit Illustrationen von
Lea Fröhlich

Rabe Helmut

Der Frechste der Hinnerks
liebt das Abenteuer

Kater Kralle

Der Cleverste der Hinnerks
kennt jeden Winkel im
Korden Moor

Zauberer Wurzel

Der Nachbar der
Hinnerks zaubert gern
und viel, auch wenn es
oft gehörig kracht

Esel Eduard von Egon

Der Vornehmste der Hinnerks
kann Latein und hat adelige
Vorfahren

Fohlen Sarah Fee

Die Mutigste der Hinnerks
bewahrt einen kühlen Kopf, wenn's
brenzlig wird

Manche Orte sind besonders.
So besonders,
dass man Wunder entdecken kann.

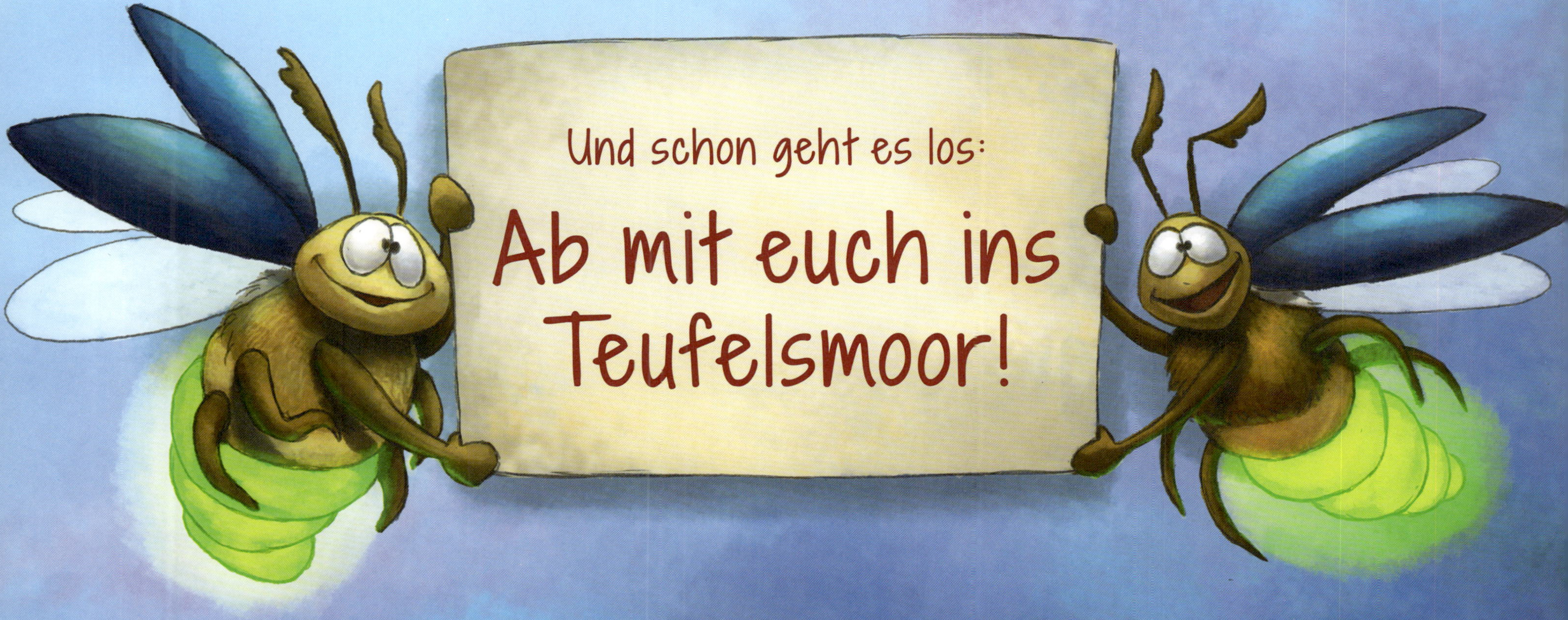

Das Moor ist seit Jahrtausenden ein Ort der Stille ...

... und der Dunkelheit
DUNKEL-
HEIT

Schielen im Nebel wirklich
zwei Augen,
oder spukt nur mein Kopf
und lässt es mich glauben?
Manches ist wahr
und steht wirklich da.
Und manches, oh Schreck,
ist auch schon wieder weg.

Der Name Teufelsmoor ist sagenhaft und genauso sagenhaft ist meine Geschichte aus einer fernen Zeit:

WIE MAN DAS REGENBOGENGLÜCK EINFÄNGT

Die Moorbewohner hatten das nasse und unheimliche Moor in fruchtbares Land verwandelt und eigentlich ging es jetzt allen gut. Trotzdem wurden sie immer grauer und unglücklicher. Das Lachen und die Leichtigkeit waren aus ihren Gesichtern und ihrem Leben verschwunden.

Sie suchten Rat beim weißen Raben Helmutio, der damals für die Wettervorhersagen im gesamten Teufelsmoor zuständig war. Helmutio war ein eigenwilliger Bursche. Im Nebeldeuten war er unschlagbar, Bücher las er am liebsten rückwärts und konnte er einmal seine geliebten Sterne durch die Wolken nicht erblicken, holte er sie einfach zu sich herunter und ließ sie wie Glühwürmchen durch das Moor tanzen. Ihr seht schon, er war ein besonderer Rabe und bei Mensch und Tier sehr geachtet.

„Was euch fehlt“, sagte er, „ist eine Prise Regenbogenglück. Die Natur hatte nicht vorgesehen, dass in dieser außergewöhnlichen Landschaft Menschen wohnen. Aber durch euren Fleiß habt ihr es möglich gemacht. Und jetzt rate ich euch, noch ein bisschen fleißiger zu sein. Euer Gewinn wird sein, dass sich der Nebel lichtet und das Grau den bunten, fröhlichen Farben Platz macht.

Wie das Regenbogenglück einzufangen ist, darf ich euch nicht verraten, aber schickt drei Unerschrockene los, und wenn sie sich darauf einlassen genau hinzusehen, wird die Natur ihnen helfen das Rätsel zu lösen.“

Gesagt, getan – zwei Mädchen und ein Junge zogen los. Das eine Mädchen, Alwa, wurde sehr schnell müde und schlief unter einer Weide ein. Unsanft wurde sie von eiskalten Tropfen geweckt. Alwa sammelte erschrocken die Tränen

der weinenden Weide in ihr Taschentuch und machte sich auf den Weg. Hendrik, der Junge, legte sich in den Schatten eines Gagelstrauchs. Fasziniert betrachtete er zwei Moorlibellen an einem Pfeifengrashalm. Die waren ganz verliebt und kreuzten ihre Flügel. Das hindurchscheinende Sonnenlicht hüpfte in Hendriks Gesicht, das zu lächeln begann und sein Herz lächelte mit. Das zweite Mädchen, Jette, kam alsbald an eine Stelle im Moor, die noch nie ein Mensch zuvor betreten hatte. Sie stand am Rand eines dunklen Sees, des Moorsees, der wie ein schwarzes Auge in den Himmel blickte. Was keiner wusste: An diesem Ort wohnte der Regenbogen, der von hier aus sein buntes Band in weitem Bogen über den Himmel spannte. Das Gras um den Moorsee glänzte golden. Nach einiger Zeit trafen auch Alwa und Hendrik ein.

Dies musste der geheimnisvolle Ort sein, von dem Helmutio gesprochen hatte. Und genau in diesem Moment spannte sich der Regenbogen vor ihnen über den Himmel. Alle drei nahmen ihren ganzen Mut zusammen und stellten sich in die Mitte des Regenbogens. Alwa schenkte dem Regenbogen das Taschentuch mit den Tränen der Weide, der Regenbogen gluckste vergnügt. Hendrik bereitete dem Regenbogen das glücklichste Lächeln der Welt.

Daraufhin vibrierten über ihnen die Farben Rot, Orange, Gelb, Himmelblau, Indigo und Violett. Dabei fiel Jette auf, dass dem Regenbogen ja noch eine Farbe fehlte. Sie trat zur Seite und pflückte ein besonders saftig-grünes Exemplar vom Torfmoos und warf es dem Regenbogen zu. Blitzschnell schmiegte sich das Grün zwischen die sechs anderen Farben des Bogens und zwar genau in die Mitte. Der Regenbogen lachte aus voller Kehle und bedankte sich mit einer großen Portion Glück bei Alwa, Jette und Hendrik. Ab sofort verschimmelten in den nassen Wintern keine Vorräte mehr in den Häusern der Moorbewohner. In ihren Stuben brannte immer ein wärmendes Feuer. Und auch, wenn im Frühjahr die wärmenden Sonnenstrahlen lange auf sich warten ließen, erfror keine Buchweizenblüte mehr und die fleißigen Bienen sammelten vergnügt ihren leckeren Honig.

Was für ein schönes Märchen.

„Mir ist im Nebel ja auch schon mal was Dolles passiert. Aber das ist lange her, da war ich noch ein ganz kleiner Kater, gerade mal ein Barthaar größer als mein Freund Eddi …

Doch jetzt will ich euch erst einmal zeigen, wie das Moor aussieht, wenn sich der Nebel lichtet.“

Moorleichen haben immer rote Haare.

Wir jonglieren am liebsten auf Schwingrasen, der wackelt so schön.

Im Frühling färbt sich der Froschmann blau, und das alles nur für seine Frau.

Wir lieben die Ruhe und Stille im Moor. Hier stört uns weder Fuchs noch Mensch.

Achtung, hier jetzt aufgepasst, siehst du das Wollgras, wird es nass!

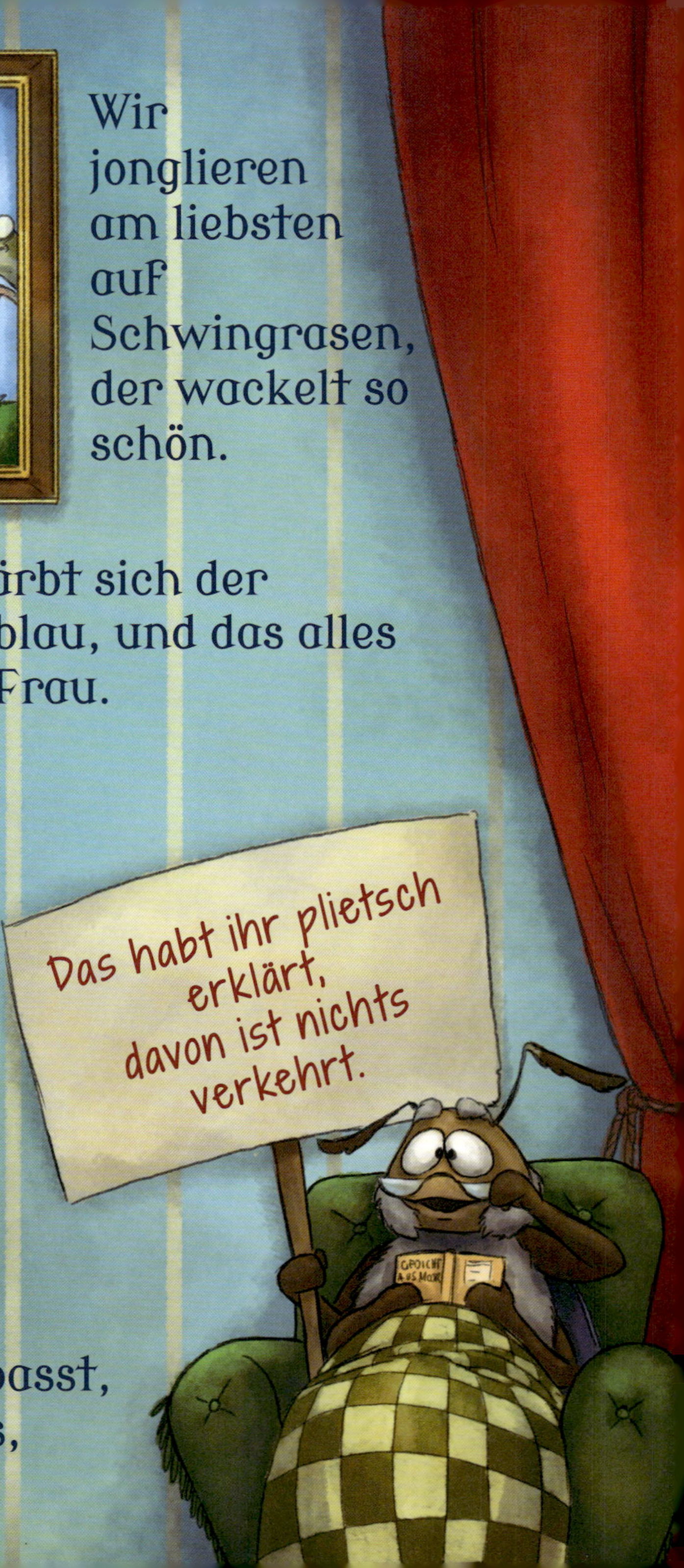

Nun zu meiner Geschichte. Sie heißt

Nebelsuppenspringen

Die Voraussetzungen an diesem Tag waren perfekt. Vor allem, wenn man vorhatte, eine neue Spitzenleistung im Nebelsuppenspringen aufzustellen.

Unser bisheriger Rekord lag bei neunundvierzig, was man, ohne groß angeben zu wollen, als ziemlich gut bezeichnen konnte. Und genau so viele Striche hatten wir auch stolz in die Rinde unserer alten Eiche geritzt.

Damit wir endlich die Fünfzig knacken konnten, weckte mich Eddi an diesem Morgen gegen sechs ziemlich unsanft. Ich verzieh es ihm sofort, als ich aus meinem Dachbodenfenster schaute: Nebel. Paradiesisch schöner Frühnebel. Zäh wie dicke fette Zuckerwatte klebte er da draußen am Boden und wenn wir schnell genug waren, gehörte er uns. Über allem stand die Sonne und lachte.

Bei drei waren wir unten in der Küche, bei vier vor der Tür.

Nebelsuppenspringen geht folgendermaßen:

Man stellt sich in den Nebel und wartet darauf, dass die Sonne mit einem Strahl ein Loch in den Nebel bohrt. Besonders die kräftigen Sonnenstrahlen sind ziemlich gute Bohrer. Haben sie sich erst einmal durchgeackert, fällt ihr Licht, wie durch eine Röhre, in einem runden Kreis auf den Boden. Da hüpft man dann rein. Übertreten zählt nicht, deswegen ist es bei kleinen Kreisen manchmal besser, nur auf einem Bein zu landen. Und dann geht es natürlich von Sonnenstrahlkreis zu Sonnenstrahlkreis, bis entweder kein Nebel mehr da ist, oder, bis man daneben springt.

Wie immer hatte Eddi die geraden Zahlen und ich die ungeraden. Schon bei acht hatten wir die Weide unfallfrei und ohne auf Kuhkacke auszurutschen hinter uns gelassen.

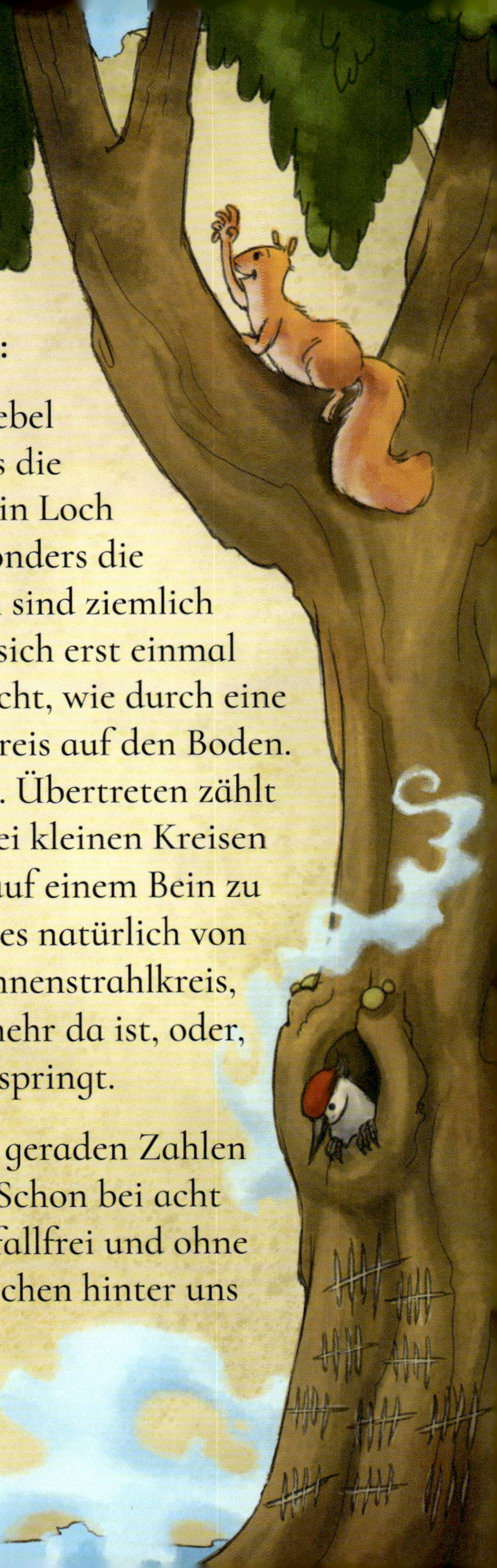

Eddi jubelte. „Melde Weidenüberquerungsrekord und zudem nicht einen Stinker unter den Pfoten! Kralle, das wird unser Tag."

Hochkonzentriert hüpften wir weiter und die Sonne meinte es gut mit uns. Sie bohrte und bohrte und wir hüpften und hüpften.

Mal nach links, mal nach rechts und dann wieder geradeaus, durchquerten wir ein Labyrinth aus Kreisen, deren Verlauf nur die Sonne kannte. Und als Eddi irgendwo neben mir vierzig rief, wusste ich schon längst nicht mehr, wo wir waren.

Bei siebenundvierzig wusste ich es jedoch wieder und dachte kurz: „Oh!! Wollgras!!!

Eddis Freudenschrei, der die Achtundvierzig verkündete, war allerdings so anspornend, dass ich nur leise „Schiet wat op Stubenarrest" murmelte. Konzentriert visierte ich mein neues kreisrundes Ziel an, spannte die Muskeln und sprang über ein ganzes Meer von Wollgrasbällchen, die sanft unter mir schaukelten. Platsch!!!

„Wir betreten die verbotene Zone", rief Eddi fast zeitgleich und schon sah ich, wie er, elegant wie ein Korken, neben mir im kalten dunklen Moorwasser landete. Laut aufjaulend verkündete er: **„Fünfzig"**!

MR. BISAM
MUDDE

SCHWINGRASEN
AUS TORFMOOS
TORFMOOS MOOSI
Wir Torfmoospflänzchen sind was ganz Besonderes, denn wir lieben saures Wasser. Seit Jahrtausenden bauen meine Verwandtschaft und ich das Moor auf. Ha, und das ganz ohne Wurzeln!
Dann seid ihr also die Architekten des gesamten Moores.
Ganz genau. Wir haben das Moor Millimeter für Millimeter aufgebaut. Ohne uns gäbe es das hier gar nicht.
ZWISCHEN SCHWINGRASEN UND MUDDE ENTSTEHT
TORF
MUDDE
IST EIN ECHTER WUNDERKITT, ER LÄSST KEIN WASSER DURCH

Mooooment,
heißt das jetzt,
Moosi ist der
Star hier im
Teufelsmoor
?!??

Also, wenn hier jemand ein Wunder ist, dann ja wohl ICH!

Ich brauche mindestens sieben Glühwürmchen.
Bitte aufschreiben:

Frau Sonnentau ist eine Künstlerin
Frau Sonnentau ist eine Überlebenskünstlerin
Außerdem ist sie eine Künstlerin im Klebstoffherstellen
Selbstverständlich ist sie eine gut aussehende Künstlerin
Und sie ist eine Künstlerin im Verführen
Frau Sonnentau ist die beste Apothekerin der Welt
Echt wahr: Frau Sonnentau ist ein Superstar!

Protein im Fliegenbein
Fang ich mit dem Kescher ein.
Der Boden hier ist öd und sauer,
drum bin ich immer auf der Lauer.
Mein Trick ist etwas vorzutäuschen.

Den Sonnenstrahl, den fang ich ein,
so dass er glänzt im Tropfen fein.
Und kommt dann ein Insekt geflogen,
denkt sich, es kann sich Nektar holen,
merkt es zu spät: Oh Mist, ne Falle.
Ich kleb hier fest, die macht mich alle.

Papa?!?

Also, ich sage euch jetzt mal, was man im Moor so hören kann: Libellen surren wie kleine Helikopter, Blätter rascheln leise im Wind, und ab und zu knarzt ein morscher Ast.

Und wenn man Glück hat und Eduard von Egon heißt, kann man folgendes Wunder erleben: Eierschalen knacken zart und fein und ganz kleine süße Ringelnattern schlüpfen aus ihren Eiern.

Und ich dachte immer, Schlangen haben den gleichen schaurigen Gruselfaktor wie Spinnen.

Ha, falsch gedacht!

Ein jeder reißt die Augen auf
und schüttelt sich vor Schreck und Graus.
Nur weil ich von der Decke baumel,
verbreitet sich ein Paniktaumel.
Als hätt' man ein Gespenst gesehen,
rennt jeder weg – lässt alles stehen.
Und weiß gar nicht, welch Wunder fein
hängt hier am Faden klitzeklein.
Als Meisterin im Fädenspinnen
könnt ich so manchen Preis gewinnen.
Der Wissenschaftler zieht den Hut,
drum schau gut hin – hab einfach Mut.

ECHT WAHR:
Ringelnattern sind absolut harmlos und Kreuzspinnen tun auch niemandem was zuleide.

HIER
2018

Wenn der Vollmond leuchtet als Laterne am Himmel,
dann darf man erleben, was hier so wimmelt.

Das Rehwild und Damwild hebt leise die Hufe,
die Sumpfohreule fliegt tief und schickt Rufe.

Die Frösche spektakeln und meinen zu singen,
ein Liedchen mag da jedoch nicht recht erklingen.

Der Kranich, ihn stört's nicht, er schläft friedlich weiter,
der Dachs rollt die Augen und grinst einfach heiter.

Der Marder heißt Hund hier im Düwelsmoor,
als Jäger der Nacht spitzt er das Ohr.

Die Glühwürmchen tanzen mit den Elfen im Kreis,
die Kaninchen scherzen und kichern ganz leis.

Eine Nacht hier zu sein, das ist Zauber pur
und der Vollmond belächelt das Wunder Natur.

Wie ihr schon erfahren habt, ist unter unserem schönen Moor eine Muddeschicht, die kein Wasser durchlässt. Wenn es nun regnet, und das ist ja ganz schön häufig der Fall, dann sind die Torfmoose die einzigen Pflanzen, die ohne Erde, also nur vom Regenwasser allein leben können. Sie schlürfen die wenigen Nährstoffe des Regenwassers und pullern dafür Wasserstoff ins Wasser. Dadurch wird das Moorwasser sauer, und zwar so sauer wie Sauerkrautsaft.
TORFMOOS
NÄHRSTOFFE
WASSERSTOFF
TORF
MUDDE
HIER KOMMT KEIN WASSER DURCH